排难解纷

周功鑫 主编

目录

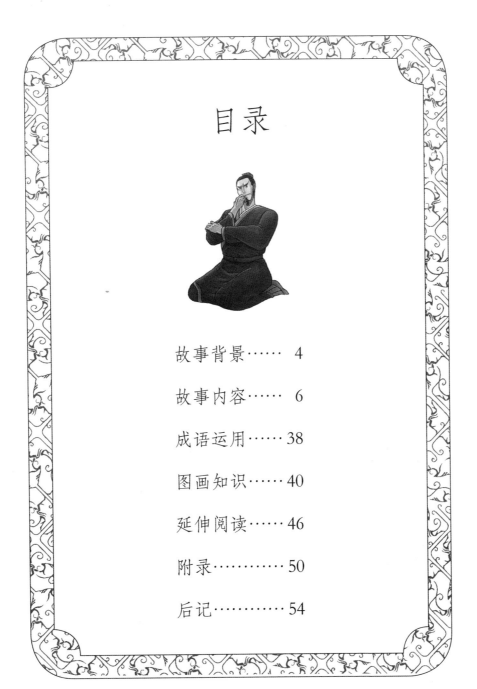

故事背景······ 4

故事内容······ 6

成语运用······ 38

图画知识······ 40

延伸阅读······ 46

附录·········· 50

后记·········· 54

"排难解纷"出自《战国策》中的《赵策三》。

战国期间，大约从公元前 259 年到公元前 257 年，秦昭襄王派兵围攻赵国的邯郸，赵国于是向魏国请求救援。但是，魏国不但不打算出兵救赵，还派了将军辛垣衍到赵国，希望通过赵国宰相平原君劝赵孝成王向秦国投降，尊奉秦昭襄王为帝。这件事让刚好在赵国游历的鲁仲连知道了，他协助平原君劝服辛垣衍，使得辛

垣衍打消了请求赵国尊奉秦王为帝的想法。

邯郸解围之后，平原君为了感谢鲁仲连，想要封赏他，却被他再三婉拒。鲁仲连指出作为策士最可贵之处，在于帮助别人排除祸患、解决纷争，而不在乎报酬。于是，他辞别平原君，继续到处为他国排难解纷。

◎ 战国时期：公元前 476 年至公元前 221 年。

战国时期，征战频繁，各诸侯国为了成为强国，到处招揽人才，希望借助他们的机智和口才，达到令国家兴旺富强的目的。因为这样，许多具备辩才的策士得以崭露头角、声名大噪。

其中齐国在国都临淄的城门稷门附近，创立了一所培育人才的学府，名为"稷下学宫"，礼遇各方的学者，吸引了数以千计的学者聚首一堂，鲁仲连便是其中一位。

◎ 临淄：今山东省淄博市。

◎ 鲁仲连：约生于公元前305年，卒于公元前245年。

在稷下学宫，鲁仲连不论是才华还是品格，都受到人们推崇。据说当时学宫里有个名叫田巴的齐国人，他非常善辩，能够在一天之内辩赢一千人。田巴对此感到自豪。然而，鲁仲连对他为辩论而辩论的行为不以为然。

鲁仲连对田巴说："先生，您辩论的技巧很高明，但是事情有轻重缓急之分，现在国家危机四伏，对目前的状况，您有什么办法吗？如果您的辩术对现实没有帮助的话，那您不过就像只枭鸟在叫嚣，令人感到讨厌罢了。"田巴被问得哑口无言，从此不再与人辩论。

◎ 田巴：生卒年不详，活跃于赵惠文王期间。

9

鲁仲连的辩才和以国家为重的情操，受到人们的肯定。他与各国王公贵族都有往来，却从来不愿意担任官职；他经常游走于各国之间，对时局十分关心。

这次鲁仲连来到赵国的都城邯郸。他走在街上，禁不住感叹："不到一年以前，赵国经历了一场大战，在长平遭到秦军猛烈攻击，虽然奋力抵抗，最后还是战败，四十多万大军惨遭屠杀。"看着熙来攘往的人群，他又欣慰地说："长平一役后，赵国上下必定是齐心合力，付出许多努力，才能在短短的时间内恢复到这样的繁荣，真是太不容易啦！"

◎ 邯郸：今河北省邯郸市。

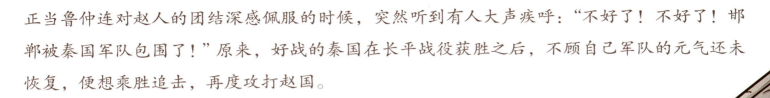

正当鲁仲连对赵人的团结深感佩服的时候，突然听到有人大声疾呼："不好了！不好了！邯郸被秦国军队包围了！"原来，好战的秦国在长平战役获胜之后，不顾自己军队的元气还未恢复，便想乘胜追击，再度攻打赵国。

这时，秦国的军队已经抵达城外。幸好赵军及时增强防卫，秦军一时未能攻破防线。但是，面对秦国大军压境，邯郸已是岌岌可危。鲁仲连见到城里每个人脸上都流露出紧张和不安，心里暗暗地替他们着急。

13

◎ 赵孝成王：生年不详，卒于公元前245年。

◎ 晋鄙：生年不详，卒于公元前257年。

随着邯郸被包围的日子一天一天地过去，城中的粮食也在一天一天地减少。赵孝成王担心极了，赶紧派人前往魏国求救。魏安釐王畏惧秦国，表面应允派将军晋鄙率兵救援赵国，却让晋鄙在途中驻扎，观望情势。与此同时，魏安釐王又派将军辛垣衍到赵国去见平原君，想通过平原君劝服赵孝成王尊奉秦昭襄王为帝，好让秦国退兵。平原君眼见情势危急，一时犹豫不决。

◎ 魏安釐王：生年不详，卒于公元前243年。

◎ 辛垣衍：生卒年不详，活跃于魏安釐王与赵孝成王期间。

◎ 平原君：生年不详，卒于公元前252年。

这时，鲁仲连正思量如何帮助赵国脱险。他听到辛垣衍来当说客的事，连忙赶往平原君的府邸。看见一脸愁容的平原君，鲁仲连开门见山地问："听说魏国派人来了，那人是否劝说赵国奉秦昭襄王为帝？公子有何打算？"平原君回答："长平一战，赵军损失四十多万人，我无能为力。现在秦国大军包围邯郸，我也想不出方法退兵。面对辛垣衍的劝说，我哪里敢说要怎么做呢？"

鲁仲连说："从前我认为您是一位贤能的公子，现在才知道并非如此。辛将军在哪里？我愿意为您说服他。"平原君并不生气，他了解鲁仲连是一位善于辩论、富正义感的策士，于是回答："请让我安排辛垣衍与先生见面。"

平原君去见辛垣衍，对□识。"辛垣衍说："鲁先生便相见。"平原君看辛垣消息告诉他了。"辛垣

他说："我想介绍齐国的鲁仲连先生给您认□是有名的高士，但是我有使命在身，不方□不愿意，便说："我已经把您在这里的□见不好推辞，只好答应。

一见面，辛垣衍便把鲁仲连从头到脚打量了一番，说："邯郸现在被秦军包围，依我看来，现在还留在这里的人，都是有求于平原君的。但先生看来不像有求于平原君，为什么还不离开呢？"鲁仲连回答说："将军说得没错，我不是为个人打算，而是秦国称帝，甚至统治天下的话，义而好战的国家，如果让秦国称帝，甚至统治天下的话，我实在无法接受，也不愿意做它的百姓。"

辛垣衍听说过鲁仲连的名声，但是质疑他的能力，问道："那先生打算如何帮助赵国？"鲁仲连答道："我打算让魏国和燕国帮助赵国。齐国和楚国本来就与赵国交好，一定会帮忙的。"

辛垣衍说："燕国的话，我相信您会有办法。但我是从魏国来的，我倒想知道您如何让魏国帮助赵国。"鲁仲连回答："如果让魏国看清楚秦国称帝的祸害，魏国必然会帮助赵国。"

辛垣衍追问："究竟秦王称帝有什么祸害？"鲁仲连答道："自古帝王都是作威作福的，秦国若称帝，必定也是如此。"

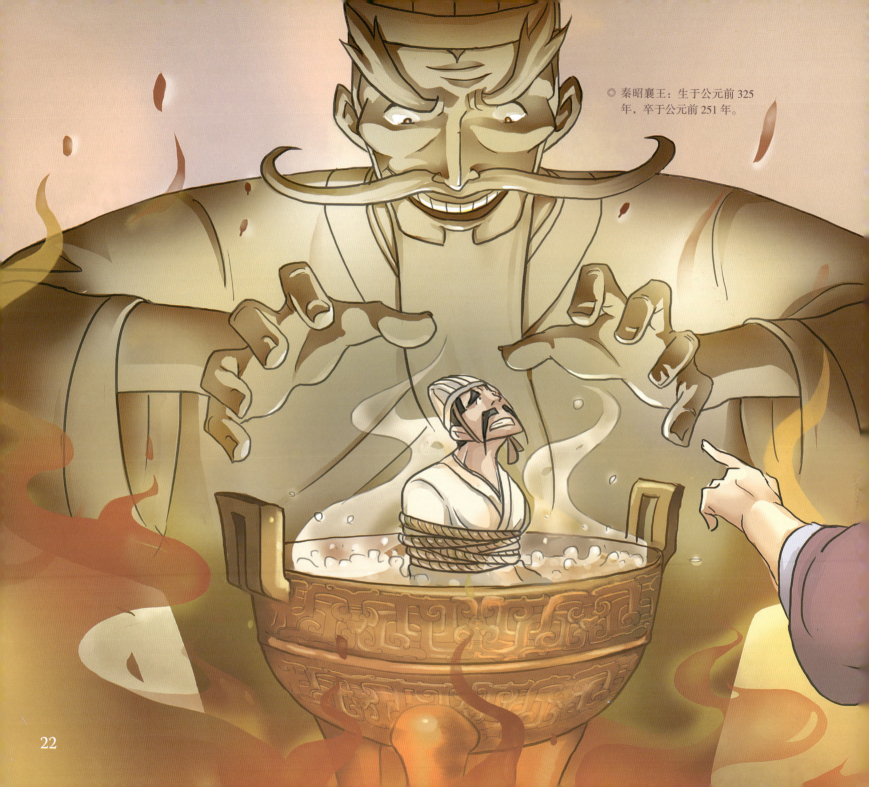

◎ 秦昭襄王：生于公元前325年，卒于公元前251年。

辛垣衍叹了一口气，说："先生，十个奴仆服侍一个主人，难道是因为力气和智慧胜不过主人吗？是因为他们害怕主人啊。"鲁仲连说："您的意思是说，魏国和秦国就像仆人和主人那样吗？"辛垣衍说："正是啊。"

鲁仲连说："那将军您就等着让秦昭襄王烹煮魏安釐王，把他剁成肉酱好了。"辛垣衍面露不悦的神情，说："先生这话说得未免太过分了！秦昭襄王怎可能会剁煮魏王呢？"

23

鲁仲连答道："当然可能！商纣王有九侯、鄂侯和姬昌三位重臣，九侯认为女儿长得很漂亮，把她献给纣王，纣王却觉得她丑陋，把九侯剁成了肉酱；鄂侯对此事直言进谏，与纣王激烈争辩，于是也被纣王杀了，做成肉干；姬昌听到以后只是叹了口气，纣王就把他囚在牢里整整一百天。如今魏国和秦国同样是拥有万乘兵车的大国，名分上都在称王，如果魏国因为秦国打了一次胜仗，就驯服地拥护秦国称帝，那么秦国当然会为所欲为地对待各诸侯国了。"

◎ 纣王：商朝末代君主，生卒年不详。

◎ 鄂侯：生卒年不详，活跃于商纣王期间。

◎ 姬昌：即周文王，生卒年不详，活跃于商纣王期间。姬昌的儿子姬发讨伐纣王成功，建立周朝，是为周武王，追封父亲为周文王。

◎ 九侯：生卒年不详，活跃于商纣王期间。

辛垣衍想起，多年前秦昭襄王约楚怀王在往，却遭秦昭襄王胁迫割地。楚怀王然他一度逃出，后来却被秦军追到这事，辛垣衍不禁一阵战栗。

武关会盟，楚怀王依约前不肯，便被秦国扣留。虽回，最终客死秦国。想

◎ 楚怀王：生年不详，卒于公元前 296 年。

鲁仲连看辛垣衍神情开始犹疑，似乎被说得有点动摇，紧接着说："秦国称帝的话，还可能会干预各国内政。秦王不但会撤换掉不喜欢的大臣，还会让秦国那些擅于花言巧语的姬妾来做诸侯的妃子。到时候，魏安釐王还能像现在这样安安稳稳地过日子吗？将军您还能像现在一样受到宠信吗？"

听完鲁仲连这番话，辛垣衍恍然大悟，拜揖谢罪说："虽然听过先生大名，但原先我以为先生只是个平常人，现在才知道，您真是天下少有的杰出人才啊！我这就离开赵国，不敢再谈拥护秦国称帝的事情。"辛垣衍于是离开赵国。

平原君的夫人是魏国信陵君的姐姐，信陵君一直想救赵国，于是想办法窃取了魏安釐王的兵符，前往魏营杀了晋鄙，利用兵符率领原先晋鄙的军队前来解救赵国。同时，赵国与楚国顺利结盟，于是赵国联合魏、楚两国的军队，成功击退了秦军。

◎ 信陵君：生年不详，卒于公元前 243 年。

事后，平原君为了感谢鲁仲连的帮忙，想要封赏他，却被他再三婉拒。平原君借着为鲁仲连祝寿为名，设宴款待他，席间送上黄金千斤。鲁仲连笑着说："天下策士所以可贵，在于能够替他人排除祸患、解决纷争而不求报酬。如果收取酬劳，那便是商人买卖的行为了。我是不会这样做的。"

鲁仲连辞别平原君，继续到各国游历，到处为他人排难解纷。

战国时期，诸侯各据一方，为保权益，不时上演政治角力。策士因此纷纷崛起，以辩才、计谋获得君王赏识，功就名成者，时有所闻。鲁仲连口才便捷，善于剖析时势，而且通晓人性，所以能够成功地为人排难解纷。难能可贵的是，鲁仲连一生淡泊名利，不肯接受封赏，所以成为世人的典范。这个故事后来演变为成语"排难解纷"，指为人排除困难、解除纷争。

图画知识

01 pp.6-7

曲裾深衣

为战国时期非常流行的服装样式，男女皆可穿着。参考湖南省长沙市子弹库楚墓出土人物御龙帛画，湖南省博物馆藏。

02 p.6

直裾短衣

也是战国时期常见的服装。直裾有长及足背的深衣，也有短衣。一般百姓与武士平时多穿着短衣与裤，方便活动。参考山西省长治市分水岭出土青铜武士像。自制线绘图。

03 pp.6-7

带钩

为战国时流行的腰带钩饰。参考兽首带钩，上海博物馆藏。

04 p.6

组玉佩

为战国时期身份的表征，并具备君子的意象，以玉比君子德。参考湖北省江陵县纪城1号墓出土彩绘木俑，湖北省文物考古研究所藏。自制线绘图。

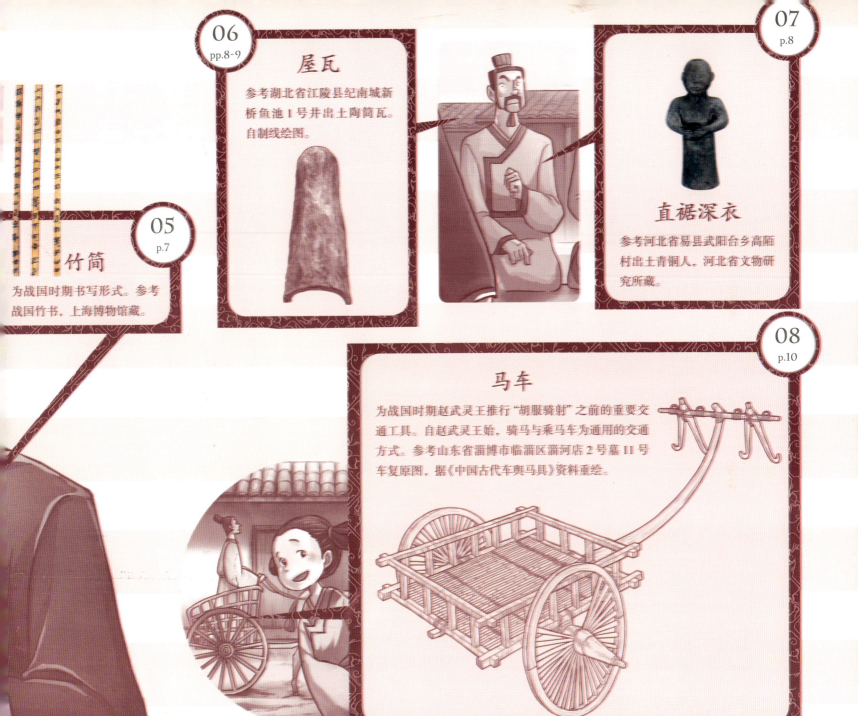

06 pp.8-9

屋瓦

参考湖北省江陵县纪南城新桥鱼池1号井出土陶筒瓦。自制线绘图。

07 p.8

直裾深衣

参考河北省易县武阳台乡高陌村出土青铜人。河北省文物研究所藏。

05 p.7

竹简

为战国时期书写形式。参考战国竹书，上海博物馆藏。

08 p.10

马车

为战国时期赵武灵王推行"胡服骑射"之前的重要交通工具。自赵武灵王始，骑马与乘马车为通用的交通方式。参考山东省淄博市临淄区淄河店2号墓11号车复原图，据《中国古代车舆马具》资料重绘。

09
p.14

秦国骑兵服装

参考陕西省西安市秦始皇帝陵出土骑兵俑，秦始皇帝陵博物院藏。

10
p.14

战国时期秦系文字中的"秦"字

据《战国古文字典》资料重绘。

11
pp.14-

臂甲

参考云南省江川县李家山出土铜臂甲，云南省博物馆藏。

12
pp.14-15

甲胄

战国时期的甲胄是将皮革裁成多片块状，以红色线绳组缀而成。参考湖北省枣阳市九连墩出土的皮胄与皮甲，湖北省博物馆藏。

13
pp.14-15

马具装备

战国之前，战场上多以车战为主，唯仅适用于平原，无法驰骋于山间或崎岖地势。到战国时期，尤其赵武灵王提倡"胡服骑射"之后，才开始有骑兵列阵。参考陕西省西安市秦始皇帝陵出土陶马俑，秦始皇帝陵博物院藏。

屏风

为战国时期室内装潢常用的摆饰。参考湖北省江陵县天星观1号墓出土彩绘木雕双龙座屏，荆州博物馆藏。自制线绘图。

4
.16

15
p.16

玄端冠

为战国时期官员常戴的头冠样式。据《新定三礼图》资料重绘。

16
p.22

鼎

是战国时期常见的烹饪食器，也是重要的礼器。参考交龙纹鼎，上海博物馆藏。

17
.16

席镇

当时人们室内活动为跪坐在席子上，为防铺席四角不平整，会用席镇放在席子的四角。参考湖北省枣阳市九连墩出土铜镇，湖北省博物馆藏。

书案

参考湖北省随州市曾侯乙墓出土漆案，湖北省博物馆藏。自制线绘图。

18
p.16

商代君王头冠

参考河南省安阳市四盘磨村出土商代石雕像。自制线绘图。

商代服饰

以上衣下裳为主。参考河南省安阳市殷墟妇好墓出土商代玉人。自制线绘图。

兽面纹

又称饕餮纹,盛行于商代与西周。兽面纹是一对动物,可能是龙或鸟(凤)侧身相对的纹饰,由正面看有如一兽面。这种兽面纹常见铸于商代与西周的铜器腹部。宋代时又称此种兽面纹为饕餮纹。参考羊鼎上的兽面纹,上海博物馆藏。

皮弁冠

弁,音同"变"。战国时期君王的头冠称为皮弁冠。冠用白鹿皮制成,且缝缀有五种不同颜色的宝石。据《新定三礼图》资料重绘。

秦国军吏服装

参考陕西省西安市秦始皇帝陵出土中级军吏俑,秦始皇帝陵博物院藏。

24
p.34

金版

战国时期的货币之一，使用时可切成小块，上海博物馆藏。

25
p.32

剑

参考河北省邯郸市百家村出土铜剑，邯郸市博物馆藏。

26
p.33

矛

为战国时期常用的兵器。参考湖北省枣阳市九连墩出土铜矛，湖北省博物馆藏。

铜器食器：远古时代，人们用随手可得的石头来制造饮食用的器皿。后来发现黏土加水揉和经过火烧，可以变成陶，便用陶来做饮食用的器皿了。之后，人们掌握了红铜与锡合金冶炼技术，便开始制造铜器来烹调和盛装食物。

在夏末和商代，贵族不但会用铜器来烹煮、盛放食物，也会用铜酒器、食器祭祀祖先神明。由于铜器价格昂贵，所以一般平民百姓很少使用，他们比较多用陶制品。这种情况一直持续到战国时代。

在"排难解纷"的故事里，平原君为了感谢鲁仲连的帮忙，摆设酒席宴请他。在宴席上用到的食器与酒器，就是战国时代普遍使用的铜器。其中食器分为烹饪用和进食用的器皿。当时常用的烹饪食器包括鼎和甗（音同"演"），盛装饭菜进食的食器则包括簋（音同"府"）、敦（音同"对"）和豆。

"鼎"是烹煮肉食的器具（图1），类似现代的炖锅。鼎的体积比较大，多数是只有三只脚的圆腹鼎，或者是有四只脚的长方形鼎。鼎口旁边都有两只竖立的耳，方便穿进杆子用作抬举搬动，有的鼎还附有盖子。

当时，鼎还是权势与身份的象征。在重要的庆典和宴会中，主人的身份不同，所使用的鼎的数目也有不同，区别十分明确：天子用九鼎，诸侯用七鼎，卿大夫用五鼎，士只能用三鼎。所以古代文献常用"列鼎而食"来比喻主人享有尊荣的地位。

图1 环钮蟠螭纹铜盖鼎
河北省邯郸市百家村出土
河北省博物馆藏
自制线绘图

甗

图 2　鬲式分体铜甗
河北省邯郸市钢铁总厂北门墓出土
邯郸市博物馆藏
自制线绘图

簋

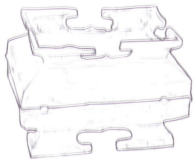

图 3　蟠螭纹铜簠
河北省涉县北关凤凰台出土
邯郸市文物保护研究所藏
自制线绘图

"甗"是蒸食物用的器具(图2)，类似现代的蒸锅。它分为上下两部分，上半部是"甑"(音同"赠")，甑的口是圆形的，口边有两只竖立的耳；下半部是"鬲"(音同"力")，有三只空心袋形的脚。甑和鬲有的是连体的，有的是分开铸造的。连体铸造的甗，中间连接的地方里面放有一层活动式的"算"(音同"必")，上面有多个穿孔；如果是分体的甗，上半部的甑底部即有许多穿孔。甗的使用方式，是在鬲中加入水，鬲的三只脚之间可以烧火加热，然后把要蒸食的食物放在甗里，透过算或甑底的孔，令蒸汽流通，蒸熟食物。

"簠"是用来盛装煮熟的黍、稷、稻等主食的器皿(图3)，类似于现代的大碗。簠是长方形的，底下有四只短足，四个侧面呈斜边菱形，大多数有盖，使用的时候要分开，成为两个相同的器皿。

敦

图 4　青铜敦
河南省辉县赵固村出土
中国国家博物馆藏
自制线绘图

"敦"也是用来盛载煮熟的饭食的器皿(图4)，即饭碗。敦是圆腹的，下有短足，两侧有环耳，有盖。敦的上半部是盖，下半部是体，有的敦盖与体的形制、大小完全相同。和簠相同，敦可以分开作为两个一样的器皿使用。

铜器酒器：铜器酒器的类型很多，包括盛酒用的"壶"、注酒用的"盉"（音同"和"），以及饮酒用的"觯"（音同"至"）和"杯"。

图5　错金蘷纹豆
山西省长治市分水岭出土
山西博物院藏
自制线绘图

"豆"是用来盛装腌菜和肉酱等食物的器皿（图5），即盛碗。豆有陶制、石制、竹木制、铜制及漆制的。一般的豆是圆腹的，下面用喇叭形的高身圆足承托着。大部分的豆都有粗柄的盖子，有的两侧还有环形双耳，方便使用。另有一种高足器，似豆而大，器腹是平底浅盘，自名为"铺"，流行于西周春秋之际，有人认为这就是文献中提到的放肉干、肉脯的"笾"。与鼎同样，人们使用豆的数目也与阶级有关。"天子之豆二十有六"，也就是说天子吃饭时可以享受二十多样小菜。

图6　令狐君嗣子铜壶
河南省洛阳市金村古墓出土
中国国家博物馆藏
自制线绘图

"壶"作为盛酒器（图6），多数是圆口的。壶的腹部比较深，长颈圈足（圆座），有的侧边有圆环，有的有盖。

盉

"盉"是注酒器或调酒器（图7），一般是圆口深腹。前面有管状的流，供酒或水流出；后面有鋬（音同"盼"），让人提拿。盉有盖，底下有三足或四足，盖和鋬之间有环索连接。盉的功能是调和酒的厚薄浓淡，如果觉得酒浓度高，就可加水稀释。从西周中期到战国这段时间，盉兼具水器的功能，盉搭配着盘成为一组水器。盉用来注水，盥手洗脸，再以盘承接废水。

"觯"是饮酒器（图8），宽口束颈、深腹，底下有圈足。觯有盖，容量有三升、四升的不同说法。

图7　鸭首曲柄三足铜盉
河北省邯郸市铜铁总厂西区墓出土
邯郸市文物保护研究所藏
自制线绘图

杯

"杯"也是饮酒器（图9），与现代的酒杯相同。杯圆口，侧边有双耳，有些底下有圈足。

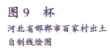

图9　杯
河北省邯郸市百家村出土
自制线绘图

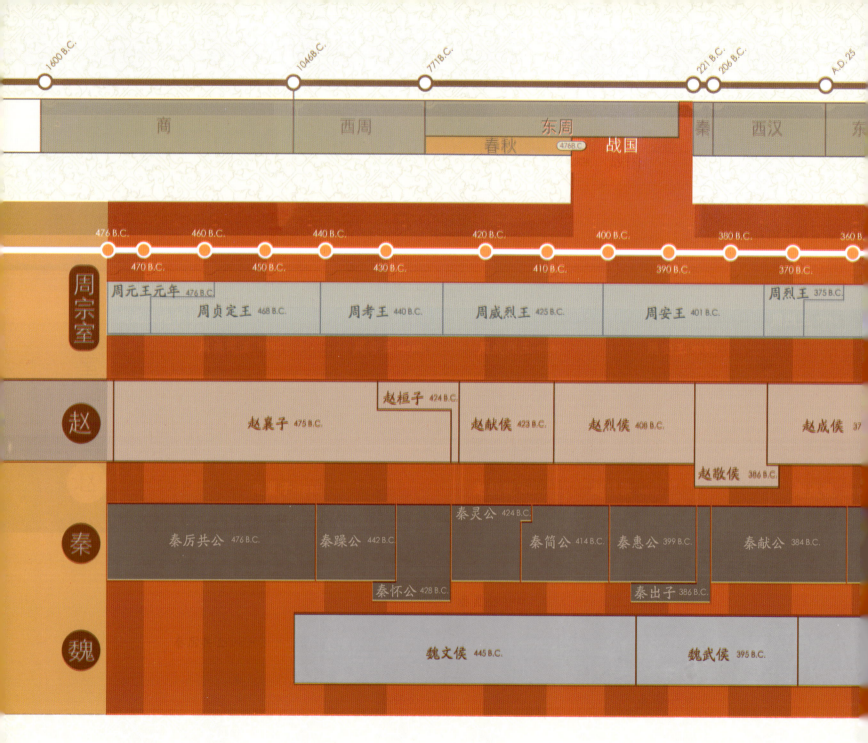

商　西周　东周　秦　西汉　东

春秋　476B.C.　战国

1600 B.C.　1046 B.C.　771 B.C.　221 B.C.　206 B.C.　A.D. 25

476 B.C.　460 B.C.　440 B.C.　420 B.C.　400 B.C.　380 B.C.　360 B.
470 B.C.　450 B.C.　430 B.C.　410 B.C.　390 B.C.　370 B.C.

周宗室

周元王元年 476 B.C.
周贞定王 468 B.C.　周考王 440 B.C.　周威烈王 425 B.C.　周安王 401 B.C.　周烈王 375 B.C.

赵

赵襄子 475 B.C.　赵桓子 424 B.C.　赵献侯 423 B.C.　赵烈侯 408 B.C.　赵成侯 37
赵敬侯 386 B.C.

秦

秦厉共公 476 B.C.　秦躁公 442 B.C.　秦灵公 424 B.C.　秦简公 414 B.C.　秦惠公 399 B.C.　秦献公 384 B.C.
秦怀公 428 B.C.　秦出子 386 B.C.

魏

魏文侯 445 B.C.　魏武侯 395 B.C.

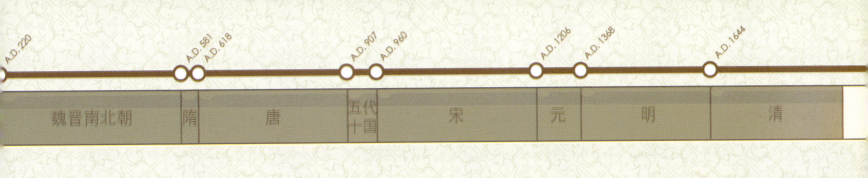

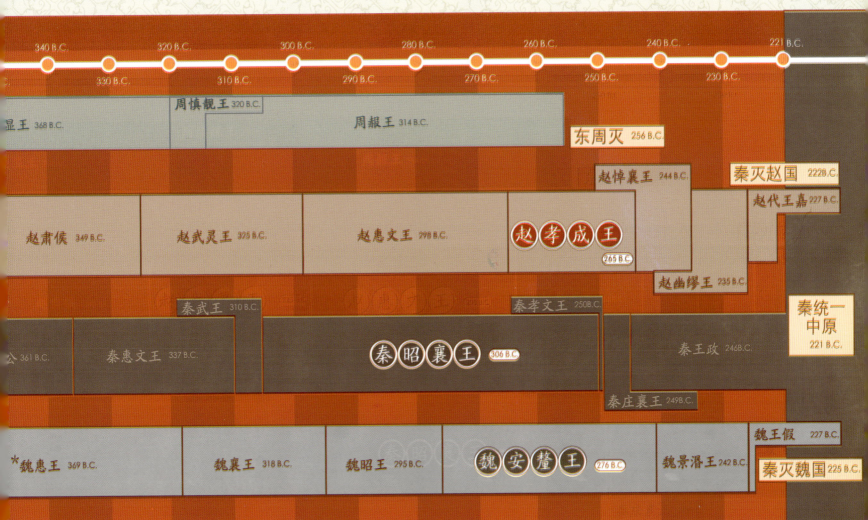

340 B.C.   320 B.C.   300 B.C.   280 B.C.   260 B.C.   240 B.C.   221 B.C.

330 B.C.   310 B.C.   290 B.C.   270 B.C.   250 B.C.   230 B.C.

周慎靓王 320 B.C.

周赧王 314 B.C.

显王 368 B.C.

东周灭 256 B.C.

赵悼襄王 244 B.C.

秦灭赵国 222B.C.

赵代王嘉 227B.C.

赵肃侯 349 B.C.

赵武灵王 325 B.C.

赵惠文王 298 B.C.

赵孝成王 265 B.C.

赵幽缪王 235 B.C.

秦武王 310 B.C.

秦孝文王 250B.C.

秦统一中原 221 B.C.

公 361 B.C.

秦惠文王 337 B.C.

秦昭襄王 306 B.C.

秦王政 246B.C.

秦庄襄王 249B.C.

魏王假 227 B.C.

*魏惠王 369 B.C.

魏襄王 318 B.C.

魏昭王 295 B.C.

魏安釐王 276 B.C.

魏景湣王 242 B.C.

秦灭魏国 225 B.C.

＊ 魏惠王在《孟子》一书中又被称为梁惠王。

51

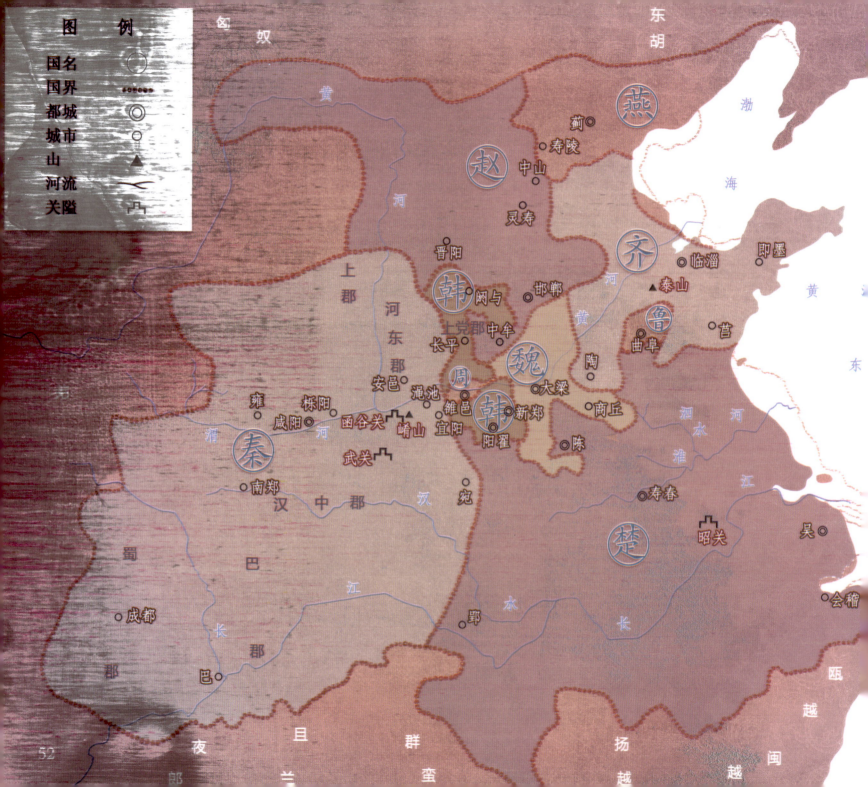

图 例

国名　　◯
国界　　⋯⋯⋯⋯
都城　　◎
城市　　○
山　　　▲
河流　　〰
关隘　　凸

匈奴

东胡

燕

赵

齐

韩

魏

周

韩

秦

楚

鲁

渤海

黄河

黄河

河水

泗水

淮河

江

长江

蓟○

寿陵○

中山○

灵寿○

晋阳○

邯郸○

临淄◎

即墨○

泰山▲

莒○

曲阜○

阏与○

中牟○

长平○

上党郡

安邑○

渑池○

雒邑○

宜阳○

阳翟○

新郑○

大梁○

陶○

商丘○

陈○

上郡

河东郡

雍○

栎阳◎

咸阳◎

函谷关凸

崤山▲

武关凸

南郑○

汉中郡

汉水

宛○

寿春○

昭关凸

吴◎

会稽○

渭河

巴郡

蜀

成都○

巴○

长

郡

夜郎

且兰

群蛮

郢○

水水

扬越

闽越

瓯越

东海

黄

海

52

参考书目

· 吕建文，《中国古代宴饮礼仪》，北京：北京理工大学出版社，2007。

· 何琳仪，《战国古文字典》，北京：中华书局，1998。

· 邯郸市文物研究所，《邯郸文物精华》，北京：文物，2005。

· 邯郸市博物馆，《赵都风韵》，北京：科学出版社，2007。

· 桑田悦等著，张咏翔译，《战略战术兵器事典1：中国古代篇》，新北市：枫树林，2011。

· 陈彦良，《先秦黄金与国际货币系统的形成》，《新史学》15（4）：1-40，2004。

· 温洪隆注译，《新译战国策》，台北市：三民书局，2006。

· 杨宽，《战国史》，台北市：台湾商务印书馆，1997。

· 杨宽，《战国史料编年辑证》，台北市：台湾商务印书馆，2002。

· 刘永华，《中国古代车舆马具》，上海：上海辞书出版社，2002。

· 刘永华，《中国古代军戎服饰》，北京：清华大学出版社，2013。

· 韩兆琦注译，《新译史记》，台北市：三民书局，2012。

· 〔宋〕聂崇义，《新定三礼图》，北京：中华书局，1992。

后记

我们现在处于一个知识琐碎、资讯泛滥的年代，如何引导青少年有兴趣、有系统地阅读既悠久又浩瀚的中华历史与文化，是我们在编写这套书前，一直在思考的问题。

我在博物馆界工作的四十多年经验中，尤其在故宫博物院工作期间，为年轻人设计及举办了不少活动与展览，深刻体会并发现这一代年轻人是在视觉影像环境中长大的。他们对图像、动画的喜爱与敏感，将是他们学习最直接、最有效的媒介。

于是我们决定将中华文化以故事形式、图画手法、有系统地编写出版《图说中华文化故事》为此诞生。

本丛书力求做到言必有据，插图中的人物、场景、生活用器、年表、地图皆有严谨考证，希望呈现不同时期的历史、地理、时尚、生活艺术、礼仪与背后的文化内涵。第一套推出的是战国时期赵国的成语故事，其十本，并辅以导读，把赵国的盛衰、文化特质、关键战役、重要人物及艺术发展逐一介绍，以便把十个成语故事紧密扣合，统整串合成赵国的文化史。

《图说中华文化故事》希望让全球的青少年有机会认识中华文化丰富的内涵，进而学习到其中蕴含的智慧。这是我们团队编写这套书最大的期盼与目的。

最后，本丛书第一辑"战国成语与赵文化"所用出土文物照片，承蒙上海博物馆、秦始皇帝陵博物院、湖北省博物馆、湖南省博物馆、邯郸市博物馆、中国国家博物馆、襄阳市博物馆、河北省文物研究所、河南博物院、云南省博物馆、陕西历史博物馆、四川博物院、北京故宫博物院、鸿山遗址博物馆及北京大学赛克勒考古与艺术博物馆惠予授权使用，在此谨致谢忱。

2014 年 11 月于台北

54

主编简介

周功鑫教授，法国巴黎第四大学艺术史暨考古博士，现为辅仁大学博物馆学研究所讲座教授。曾任台北故宫博物院院长（2008.5—2012.7）、辅仁大学博物馆学研究所创所所长（2002—2008）。服务故宫及担任院长期间，曾创设各项教育推广活动与志工团队，并推动多项国际与两岸重量级展览与学术研讨活动，其中"山水合璧——黄公望与富春山居图特展"（2011），荣获英国伦敦 *Art Newspaper* 所评全球最佳展览第三名，及台北故宫被评为全球最受欢迎博物馆第七名。由于周教授在文化推动方面的卓越贡献，先后获法国文化部颁赠艺术与文化骑士勋章（1998）、教宗本笃十六世颁赠银牌勋章及奖状（2007）及法国总统颁赠荣誉军团勋章（2011）等殊荣。

书　　名　图说中华文化故事6
　　　　　战国成语与赵文化　排难解纷

主　　编　周功鑫
原创制作　小皮球文创事业
艺术总监　纪柏舟
统　　筹　金宗权　许家豪

研究编辑　张永青　　　　　　场景设计　张可靓
资讯管理　林敬恒　　　　　　绘　　画　张可靓　王彩苹　周昀萱
撰　　文　张永青　　　　　　锦地纹饰　刘富璁
人物设计　张可靓

出 版 人　陈　征
责任编辑　李　霞　毛静彦
印刷监制　周剑明　陈　森

出　　版　上海世纪出版集团　上海文艺出版社
　　　　　200020　上海绍兴路74号
发　　行　上海世纪出版股份有限公司发行中心
　　　　　200001　上海福建中路193号　www.ewen.co
印　　刷　北京一鑫印务有限责任公司
版　　次　2015年11月第1版　2019年3月第4次印刷
规　　格　开本889×1194　1/16　印张3.5　插页4　图文56面
国际书号　ISBN 978-7-5321-5930-7/J·409
定　　价　32.00元

告读者　如发现本书有质量问题请与印刷厂质量科联系
T：010-61424266

图书在版编目（CIP）数据

排难解纷 / 周功鑫主编 —上海：上海文艺出版
社，2015.11（2019.3 重印）
（图说中华文化故事．战国成语与赵文化）
ISBN 978-7-5321-5930-7

Ⅰ.①排… Ⅱ.①周… Ⅲ.①汉语—成语—故事
Ⅳ.① H136.3

中国版本图书馆 CIP 数据核字（2015）第 238393 号